Este libro va dedicado a las siguientes familias, con quienes compartí la experiencia de haber crecido dentro de una comunidad italiana en el Bronx:
Nobisso, Zamboli, Siviglia, Tenore, Santoro, and De Falco, Y a las familias que fueron nuestras amigas más cercanas:
Golfo, Mastropaolo, Reda, Freda, and Procaccino. -JN

Para Michael and Philippe -DZ

Gingerbread House

602 Montauk Highway
Westhampton Beach, New York 11978 USA
SAN: 217-0760
Visítenos en www.GingerbreadBooks.com

Título del original: In English, of Course

Dirección de Arte y Diseño a cargo de Maria Nicotra and Josephine Nobisso
Digitals: Maria Nicotra

Traducción de Rosario Pérez, para Multinational Translating Service, New York
Fabricado por Regent Publishing Services Ltd.
Printed in China

PRIMERA EDICIÓN EN ESPAÑOL, 2003
10 9 8 7 6 5 4 3 2 1

Spanish Language Hardcover: ISBN: 0-940112-14-0
Spanish Language Soft Cover: ISBN: 0-940112-16-7

Library of Congress Cataloging-in-Publication Data Available for English Language Editions
2001002559

en Inglés, por Supuesto

Josephine Nobisso

Illustrado por **Dasha Ziborova**

Central Islip Public Library
33 Hawthorne Ave
Central Islip, NY 11722

Gingerbread House

Westhampton Beach, New York

—¡Bienvenidos, niños y niñas! —dijo el profesor, mientras tomaba el globo terráqueo del escritorio de Josephine y lo hacía girar—. Ahora que hemos visto de dónde venimos, vamos a conocernos unos a otros. ¡Lo haremos en inglés, por supuesto!

Famous Immigrants

Albert Einstein

Elizabeth Taylor

King Kong

Bob Hope

En ese instante, Josephine supo que estaba en problemas. A pesar de que entendía casi todo lo que escuchaba en el Bronx, todavía no podía hablar bien en inglés.

Wensday, September 7, 1955

El profesor comenzó diciendo: —Ling-Li,
por favor, cuéntanos algo acerca de China.
Una niña pequeñita y con un rostro encantador
emitió unos dulces y rápidos sonidos,

pero Josephine quedó preguntándose si la niña
habría dicho una sola palabra en inglés.

—Juan, —dijo el profesor a un niño—, por favor, háblanos sobre Puerto Rico.
A Josephine le pareció que este niño estaba tratando de hablar en italiano,

pero que necesitaba practicar más.

—Ahora vamos a escuchar a Derek,
que viene de Júpiter, Florida.
Josephine pensó que Derek hablaba bastante bien en inglés.

Ella ni siquiera sabía que se podía
vivir en el planeta Júpiter,

pero Josephine ya había
oído hablar inglés en
el Bronx lo suficiente
como para notar

su acento
extranjero.

—Josephine —dijo el profesor—, es tu turno. Dinos algo acerca de Italia.
—Yo vengo de Napoli, Italia —comenzó diciendo Josephine.

Muy bien —pensó. Pero Josephine ya había usado su mejor frase en inglés, y se había olvidado de que en inglés "Napoli" era "Naples" e "Italia" era "Italy".

Bueno, a lo mejor no tan bien —se dijo.

—¿Vivías en una granja? —le preguntó el profesor.
¿Acaso no sabían todos que Napoli era una ciudad
maravillosa? Josephine no sabía decir "palacio" o "ruinas
romanas" en inglés, y ni siquiera podía decir "arquitectos",
lo que eran sus padres

así que contestó:

—Yo ir granja una vez.

—Dinos algo sobre la granja, Josephine —dijo el profesor.

R i v e r

—Es mucho animales —contestó Josephine, tratando de recordar algunas palabras en inglés que había leído en los libros de su hermanito, para decir algo sobre la granja.

Pig

Cow

—Es vaca... es porco... Perdón, "cerdo"... y es río.

—¿La vaca era tu amiga? —quiso saber el profesor.

Josephine podía verlo en su mente, pero a menos que el profesor la ayudara a encontrar las palabras apropiadas en inglés, ella no sabría decirlo.

—Hierba hacer vaca verde aquí —señaló Josephine.

—Eso se
llama "boca"
—dijo el profesor.

Josephine asintió, agradecida.
¡"Boca" era una de las palabras
de los libros de su hermanito!

—Yo agarrar cuello de vaca,
y cuando esa vaca caminar, ella hacerme así.

Josephine tomó un animalito de peluche para demostrar lo que quería decir.

—Eso se llama "arrastrar" —le dijo el profesor.

Josephine sonrió. ¡Esa era exactamente la palabra que estaba buscando!

—Yo mirar la hierba en boca de vaca —recordó
Josephine—, y la vaca, ella hacerme esto.

El profesor dijo:
—Eso se llama "patear".

a pig

dragging

kick

porco

mouth

Josephine se sentía muy feliz.
Estaba contando una historia,
aprendiendo palabras nuevas en inglés,
¡y el profesor entendía lo que ella decía!

—Cuéntanos sobre el cerdito, Josephine. ¿Era pequeño? Josephine negó con la cabeza. —¡No! ¡Grande! Cerdo ser grande como automóvil.

—Cuando cerdo viniendo,
yo hacer esto.

—Eso se llama "esconderse"
dijo el profesor.

—¡Sí, yo esconderse! ¡Así cerdo no ver dónde yo estar!

—Si cerdo verme, él darme esto.

—Eso se llama un "empujón".

—¡Sí! Y yo hacer esto.

—A eso le llamamos "caerse".

—¡Sí! —contestó Josephine.

—¿Así que nunca se hicieron amigos con el cerdo?

–¿POR QUÉ hacerme amiga de ese porco?

El profesor sonrió. —Ahora entiendo...
¿Quieres decirnos algo sobre el río?

¡Aah! ¡El profesor le había enseñado suficientes
palabras en inglés para contar la historia completa!

—Cuando esa vaca ella me patear,

yo caerse en río.

Esa vaca, ella esconderse,

pero ese cerdo,

él empujón vaca en río.

—El río nos arrastrar.

MUCHO río en boca.

Yo me empujón de río.

Yo arrastrar vaca de río.

—En la hierba, yo mirando ojos de vaca,
y vaca, ella mirando mis ojos,
y esa vaca, ella hacerme
mi cabello todo verde.

Esa vaca, ella no patear a mí más.

–¡Oh! –dijo el profesor–. ¡Tu vida en la granja era muy interesante, Josephine!

–¡Yo no tener ninguna vida en granja! –insistió Josephine–. ¡Yo ir granja UNA vez!

—¡Aah! —exclamó el profesor—. ¡Al principio no entendí nada!

—No preocuparse —le aseguró Josephine—. ¡Yo tampoco!

—Hoy aprendimos mucho acerca de ti —señaló el profesor.

—Mañana —prometió Josephine—, yo enseñar a todos acerca de Naples, Italy.

—Nos gustará mucho —dijo el profesor con una sonrisa, mientras hacía girar nuevamente su globo.

Josephine se sentó y copió de la pizarra todas las
palabras nuevas que el profesor le había enseñado.
Ya estaba preparando otra historia para el día siguiente.
Esa noche preguntaría a sus padres cómo
decir "palacios" y "ruinas romanas" y "arquitectos"...

en inglés, por supuesto.

Mensaje de la autora

Estimado lector:

En inglés, por supuesto está basado en experiencias que viví cuando era niña. Nací en 1953 en el Bronx, un condado de la Ciudad de Nueva York, de padres italianos. Yo vivía en la Avenida Arthur, conocida como "La pequeña Italia", donde todos hablaban italiano, desde el carnicero y el panadero hasta el que preparaba los raviolis. Mis padres nos bautizaron con nombres "americanos", e insistieron en que habláramos inglés. El resultado fue que (aún siendo adultos) ellos a menudo hablaban italiano y nosotros les contestábamos en inglés. Cuando éramos pequeñas el inglés era "literal". Si queríamos expresar una emoción o relatar un hecho y no sabíamos las palabras, mis padres nos alentaban a hablar en inglés. Esto contribuyó a que asociara palabras e ideas en diferentes idiomas, y además fundó las bases para convertirme en escritora.

En esa época no existían los programas de "Inglés como segundo idioma", y era frecuente que los salones de clase estuvieran llenos de estudiantes inmigrantes de la post Segunda Guerra Mundial. Mis abnegados y exigentes profesores (en St. Martin of Tours y más tarde en St. John the Evangelist, en Riverhead) influyeron para que me enamorara no sólo de la gramática y las declinaciones verbales, sino también del idioma que mi familia adoptó.

Desde 1990, he realizado cerca de cien presentaciones y talleres cada año. Durante los talleres de escritura sobre el método que he desarrollado, exhorto a los estudiantes a buscar con afán la palabra que mejor representa lo que quieren expresar. Si un niño pregunta a la maestra: "¿Cuál es la palabra para una cosa redonda como un 'círculo', pero no un 'círculo', sino una cosa redonda que está llena?" Su respuesta será: "¿Tú quieres decir una 'esfera'?" Y esto ayudará al niño a utilizar esa palabra y enriquecer su vocabulario. De la misma forma, en nuestra historia, el maestro está dispuesto a ayudar a Josephine introduciendo palabras nuevas o reafirmando las comunes.

Aunque mis padres no fueron "arquitectos" como los de Josephine en la historia, usé este recurso narrativo para demostrar cómo los estadounidenses a veces menosprecian los talentos y la dignidad (la inteligencia) de los recién llegados. Cuando mi padre, hijo del dueño de una cafetería cerca de Nápoles, inmigró a los Estados Unidos a la edad de 28 años, se paró en las aceras con otros hombres para ofrecer sus manos para trabajar. Como sus manos eran fuertes trabajó en la construcción utilizando ladrillos. Después de varios fructíferos años de trabajo en los rascacielos de Manhattan nos mudamos a Long Island, donde mi padre se convertiría en un exitoso contratista. Cuando falleció, escribí En inglés, por supuesto como un sencillo homenaje, el cual quiero compartir con ustedes. Aún ahora, cuando paso frente a la casita de campo donde él construyó una chimenea, o vislumbro las residencias de Steven Spielberg y Alan Alda donde permanecen sus trabajos favoritos, sonrío al recordar que a veces la gente menospreciaba su capacidad al oír su marcado acento extranjero. Y sin embargo, su trabajo perdura como un testamento de sus habilidades: grabado en piedra, por así decirlo.

Grazie! Ciao!